AF452714

REVUE

DE

DROIT MARITIME COMPARÉ

FONDÉE, PUBLIÉE ET DIRIGÉE PAR

LÉOPOLD DOR

LES CONFLITS DES LOIS MARITIMES EN DROIT AMÉRICAIN

PAR

le Baron Boris NOLDE

Membre de l'Institut de Droit international
Ancien Professeur à l'Université de Pétrograd

Extrait du Volume 22 de la Revue

PARIS
LIBRAIRIE GÉNÉRALE DE DROIT ET DE JURISPRUDENCE
20, RUE SOUFFLOT, 20

LES CONFLITS DES LOIS MARITIMES
EN DROIT AMÉRICAIN

I. — Observations préliminaires

§ 1. — La jurisprudence américaine en matière de conflits est une des plus riches jurisprudences nationales qui existent. Les conflits sont nombreux et très importants, car les quarante-huit États formant les États-Unis possèdent chacun leurs propres systèmes de droit civil et commercial, et les rapports entre ces systèmes donnent naissance à d'innombrables controverses judiciaires. D'autre part, les relations des États-Unis avec le monde extérieur sont très intenses et se multiplient de génération à génération. Les cours des États et les cours fédérales sont amenées à trancher d'innombrables espèces où les éléments juridiques, étrangers à l'État ou aux États-Unis, jouent un rôle important.

L'intérêt qu'on porte en Amérique à ces questions est démontré non seulement par la richesse des précédents judiciaires, mais aussi par une tradition doctrinale séculaire. Les juristes américains, depuis les débuts du 19e siècle, étudient avec assiduité la matière, et Kent et Story ont été suivis de nombreux autres auteurs (1).

Tout cela suffit pour justifier une étude spéciale consacrée au droit américain relatif à cette partie souvent délaissée du droit international privé qui touche aux conflits des lois maritimes (2).

§ 2. — Avant d'aborder le sujet, quelques observations d'ordre général s'imposent.

La première concerne l'aspect général que revêt la question des conflits des lois maritimes commerciales aux États-Unis d'Amérique.

(1) Voir, sur l'évolution et l'influence de la doctrine du droit international privé aux États-Unis, Arthur K. Kuhn, *La conception du droit international privé d'après la doctrine et la pratique des Etats-Unis, Recueil des Cours. Acad. de droit intern.*, XXI (1928), p. 193 et s.

(2) Je cite les recueils de la jurisprudence américaine comme on le fait aux États-Unis. Quelques mots d'explication suffiront. Les arrêts de la Cour Suprême des États-Unis sont publiés dans les *United States Reports* ou *U. S.* ; le numéro du volume précède ces deux lettres, la page les suit. Les premières séries de la collection sont citées par le nom de leurs éditeurs. Exemple : 1 Howard — 42 U. S. Les décisions des Cours fédérales d'Amirauté de première et deuxième instances sont publiées dans le *Federal Reporter* ou *Fed.* et citées de la même manière que les U. S. Enfin, depuis 1923, est publié le recueil périodique spécial : *American Maritime Cases*, cité *A. M. C.*, précédé de l'année et suivi de la page.

Contrairement aux autres conflits, ces conflits naissent aux États-Unis presque exclusivement dans la forme de conflits internationaux proprement dits, de conflits des lois de différentes nations. Ce n'est que rarement qu'il s'agira de la délimitation des lois des États membres de la Fédération, entre eux, comme c'est le cas dans les conflits d'autre nature. Le droit maritime est unifié aux États-Unis dans une mesure beaucoup plus large que les autres parties du droit privé. Ce n'est qu'à titre d'exception qu'un État légifère en matière maritime, et encore son droit de le faire est souvent contesté.

Cette unité du droit maritime est basée principalement sur le fait que la juridiction, en matière maritime, appartient non aux tribunaux de l'État, mais aux tribunaux fédéraux, ce qui, dans un pays de droit coutumier, contribue à l'unification de cette branche juridique. La Constitution fédérale de 1789 a inscrit « toutes les affaires de juridic-« tion d'amirauté et maritime » (*all the cases of admiralty and maritime jurisdiction*) au nombre des affaires dépendant exclusivement du pouvoir judiciaire des États-Unis (art. 3, § 2). Les tribunaux fédéraux appliquent, en principe, le soi-disant « droit général de la marine » et les statuts fédéraux destinés à interpréter cette loi maritime générale (1).

Il semble qu'ils peuvent parfois tenir compte de la législation des *States*, mais en tout cas à titre tout à fait exceptionnel. Observons toutefois que les limites restreintes dans lesquelles la législation d'un État peut se mouvoir en matière maritime sont loin d'être très nettes. En principe, c'est le droit national qui do t l'emporter.

Voici comment la règle générale, hostile à la législation de l'État en matière maritime, est énoncée dans certains arrêts de la Cour Suprême des États-Unis.

Le juge Brown dans son « opinion » (2) de 1903, aff. the Roanoke, 189 U. S. 185 s'exprimait de la manière suivante : « Prenant en consi-« dération que la juridiction exclusive dans toutes les affaires d'ami-« rauté et maritimes est concentrée par la Constitution entre les mains « des cours fédérales qui sont, de ce chef, érigées en juges de l'objet « de cette juridiction, sous réserve bien entendu de la législation du « Congrès, la loi (*statut*) de l'État de Washington, en tant qu'elle « tend à contrôler l'administration du droit maritime, crée et ajoute « des clauses en faveur de certaines classes de créanciers qui, par cela « même, privent les propriétaires des navires des moyens de défense « auxquels ils auraient autrement droit, est une intervention illégale « dans cette juridiction, et comme telle est anticonstitutionnelle et

---

(1) Voir sur la conception du droit maritime général George Whitelock, *A new development in the application of extraterritorial marine torts, Harvard Law Review*, XXII (1908-1909), p. 403.

(2) Rappelons que les « attendus » des décisions judiciaires américaines se trouvent exposés dans les « opinions » des juges qui terminent la procédure.

« nulle. » Il était question dans l'espèce d'un privilège maritime inconnu au droit maritime commun des États-Unis.

Dans une autre espèce où il s'agissait du droit des États de légiférer en matière des risques des gens de mer, le Juge Mc Reynolds a exprimé ainsi l'avis de la Cour Suprême des États-Unis : « Si New-York peut « soumettre les navires étrangers venant dans ses ports à des obli- « gations pareilles à celles de la loi (*statut*) de Compensation, les autres « États pourraient fa're la même chose. La conséquence nécessaire « serait la destruction de l'uniformité en matière maritime que la « Constitution désirait établir, et la liberté de navigation entre les « États et les pays étrangers serait sérieusement restreinte et em- « pêchée. » Un des juges de la Cour Suprême, jouissant d'une autorité très grande, Holmes, concluait avec la minorité dans un autre sens, en traitant avec un certain dédain « le spectre de l'absence d'unifor- « mité » qui avait influencé l'arrêt, aff. Southern Pacific Co v. Jansen, 21 mai 1917, 244 U. S. 205.

Dans une espèce relative à un contrat maritime de services per- sonnels, la Cour Suprême, par la voie du Juge Day, a proclamé : « Nous « estimons que la Cour d'Appel de Circuit a correctement jugé que « le présent contrat était maritime par sa nature et qu'une action « en amirauté en raison de sa violation ne pouvait pas être mise à « néant par les statuts de Californie auxquels se référait le requé- « rant. » Union Fish Co v. Erickson, 7 janvier 1919, 248 U. S. 308.

Tout récemment le Juge Mc Reynolds de la Cour Suprême des États- Unis (arrêt du 2 janvier 1923 dans l'affaire Osaka Shosen Kaisha and United States Fidel'ty and Guaranty Company v. Pacific Export Lumber Company, 1923 A. M. C. 55 ; Dor, 2, 309), discutant un con- trat d'affrètement qu'une des parties prétendait être gouverné par la loi d'Orégon, déclara : « Les droits et obligations des parties dépendent « des règles générales de la loi maritime qui ne sont pas sujettes à « des modifications au moyen de dispositions des États ».

Malgré ces arrêts, les juristes américains admettent que la jurispru- dence de la Cour Suprême des États-Unis permet à un État de légi- férer en d'autres matières maritimes, par exemple, le droit des héri- tiers à une action en dommages-intérêts en cas de mort d'un marin. Cette opinion est basée sur l'arrêt du même juge Holmes dans l'espèce The Hamilton, jugée par la Cour Suprême des États-Unis le 23 dé- cembre 1907, 207 U. S. 398 reproduit par Beale, *A selection of cases on the conflict of Laws*, 2e éd., II, 589 et dans *Niemeyers Zeitschrift*, XIX (1909), 535 ; comp. application des lois des États en matière de prescription : Cour Suprême des États-Unis, The Harrisbourg (1886), 119 U. S. 199 ; Beale, I, 564 ; Hughes, *Handbook of Admiralty Law*, 2d éd., 1920, p. 230 et s. Toutefois la tendance générale reste con- traire à la législation des États et parfois même à la législation fédérale, Hughes, *ibid.*, p. 236 et s.

Il s'ensuit que devant le juge américain le conflit des lois maritimes se présente principalement sous l'aspect d'un conflit entre le droit des États-Unis et le droit d'autres pays ; ce n'est qu'à titre tout à fait exceptionnel que son objet est formé par la recherche de la délimitation des lois des États entre elles.

Ajoutons que la notion du « droit général de la marine », base de l'unité du droit maritime américain, malgré son apparence « supernationale », couvre en réalité le droit des États-Unis. Dans une espèce célèbre, la Cour Suprême des États-Unis formulait, par l'organe du juge Bradley, le principe suivant : « Le droit maritime n'est en vigueur « comme droit d'un pays quelconque qu'en tant qu'il est adopté par « les lois et usages de ce pays ». The Lottawana, octobre 1874, 21 Wall. 558. Il s'ensuit qu'en invoquant le « droit général de la marine », le juge des États-Unis rend hommage à la terminologie traditionnelle anglo-saxone en matière de droit maritime, mais, en réalité, n'applique que son droit national, tel qu'il découle de la jurisprudence et des lois fédérales de plus en plus nombreuses depuis un certain temps.

Certes, la notion de « la loi générale de la marine » ou de « la loi de la « mer » (*general marine law, law of the sea*) n'a pas perdu sa valeur pratique. Jusqu'ici la législation est loin de couvrir, aux États-Unis, toute la matière du droit maritime. Au contraire, le droit coutumier anglo-saxon, établi par la jurisprudence séculaire des cours anglaises, continue à former une source fondamentale du droit maritime aux États-Unis, et toute cour américaine, quand elle désire établir ses règles, étudie les décisions anglaises au même titre que les décisions américaines. C'est précisément ce droit coutumier anglais et anglo-américain qu'on honore, quand on emploie le terme : « droit maritime « général ».

Nous verrons plus bas qu'en matière de conflits, la notion du droit maritime général continue également à jouer un rôle important, en justifiant, dans des cas très importants, l'application du droit des États-Unis à des rapports juridiques à éléments internationaux.

§ 3. — Passons maintenant à une seconde question d'ordre général, celle de la juridiction des cours des États-Unis d'Amérique en matière maritime.

Comme partout ailleurs et dans toute matière de droit international privé, un problème préalable surgit : avant de fixer, dans un cas d'espèce composé d'éléments internationaux, quelle loi gouvernera le rapport juridique, il faudra déterminer si les cours américaines peuvent exercer leur juridiction d'amirauté dans l'espèce en question. Les deux questions, celle de la juridiction et celle de la loi applicable, sont intimement liées entre elles. Si les tribunaux refusaient de connaître telles contestations contenant des éléments étrangers, il n'y aura pas lieu de poser en Amérique la question des conflits. Prenons un exemple

que nous aurons encore l'occasion de retrouver : abordage en haute
mer entre navires non-américains. Si le droit américain disait que les
procès issus de tels abordages ne sont pas soumis aux tribunaux des
États-Unis, cette règle hypothétique de juridiction, transportée dans
le plan du droit international privé, aurait pour effet de supprimer la
nécessité de choisir aux États-Unis la loi applicable à l'abordage en
haute mer entre navires non-américains.

Les règles générales de la compétence en matière internationale sont
telles aux États-Unis que le cas hypothétique que je viens d'imaginer
ne se présentera que fort rarement en matière maritime. En effet ce
n'est qu'à titre exceptionnel que la matière maritime donne lieu à des
règles de juridiction spéciales. En principe, les cours d'amirauté se
soumettront au droit commun sur la compétence ; ce droit commun
étant très large, il s'ensuivra que, pratiquement, dans l'énorme majorité
des cas, le tribunal américain acceptera de juger une affaire maritime
comportant des éléments étrangers.

Rappelons les règles générales. Les juges des États-Unis exercent,
d'une part, une compétence *in rem*, d'autre part, une compétence *in
personam*. Dans le premier cas, il suffira de la présence d'une propriété
immobilière ou mobilière sur le territoire américain pour rendre les
tribunaux américains compétents. Dans le second, il suffira qu'une
personne soit présente sur le territoire américain ou y possède un
domicile, ou accepte de se soumettre à la juridiction américaine, ou
commette un acte sur le territoire américain, ou même y fasse des
affaires, pour qu'une cour américaine puisse être saisie. A la juridiction
in rem il faut ajouter la juridiction *quasi in rem* qui est créée par la
saisie-arrêt pratiquée aux États-Unis d'un avoir d'une personne qui,
en principe, n'est pas sujette à la juridiction américaine, Goodrich,
Handbook on the conflict of Laws, 1927, p. 117 et s.

Il faut ajouter que le droit américain n'admet pas que les parties
à un contrat maritime puissent y stipuler valablement que les contestations qui pourraient en découler soient obligatoirement et exclusivement soumises aux tribunaux étrangers ou même à des tribunaux
arbitraux. Cour Suprême de l'État de New-York, Comté de New-
York, Special Term, 6 janvier 1930, aff. Saarland, 1930 A. M. C. 196.

Les principes qui viennent d'être indiqués et qui, comparés à ceux
en vigueur dans d'autres pays, donnent une étendue très large à la
compétence des tribunaux américains, s'appliquent en matière maritime
de la même façon que dans d'autres matières juridiques. Telle est la
règle générale à laquelle il n'est fait exception que dans des cas assez
rares. Ainsi, les contestations entre gens de mer et armements étrangers
sont parfois considérées comme ne dépendant pas de la compétence
des tribunaux américains ; ainsi cette compétence a été parfois considérée comme purement facultative pour les cours en matière d'abordages en haute mer entre navires non-américains ; enfin la juridiction

in rem en matière maritime est interprétée d'une manière qui restreint
la portée de la règle du droit commun. Je laisse de côté les deux premiers
cas, car il est plus commode de les étudier parallèlement aux règles
sur le choix de la loi dans les chapitres spéciaux consacrés aux gens de
mer et aux abordages. Mais l'interprétation de la règle de la compétence *in rem* donnée en matière maritime est un point d'ordre général
qui doit être signalé dès maintenant.

Le droit américain établit qu'une action *in rem* en matière d'amirauté n'est possible que si le demandeur possède un *lien*, un privilège,
sur le navire. Le privilège d'amirauté, *an admiralty lien*, est, en droit
américain « une réclamation contre le navire lui-même comme une
« chose qui contracte ou commet un délit ». Hughes, *Handbook of
admiralty law*, 2d ed., 1920, p. 95. Ce privilège maritime est une condi-
tion essentielle de toute action d'amirauté *in rem*. Benedikt, *The
American Admiralty, its jurisdiction and practice*, 5th ed., by George
v. s. Mc Closkey, 1925, I, p. 16 f.

La jurisprudence américaine déduit de ce principe fondamental
qu'il suffit, pour rendre les tribunaux des États-Unis compétents pour
juger une action *in rem*, qu'un droit contre le navire (*an admiralty
lien*) existe en droit américain. Il importe peu qu'un droit de même
nature soit ou non reconnu par la loi du pavillon ou une autre loi étran.-
gère applicable au rapport juridique en question. De même, *a con-
trario* : si une action contre le navire est reconnue par une loi étrangère,
mais non pas par la loi américaine, l'action *in rem* n'est plus admissible
aux États-Unis.

Dans une espèce où il s'agissait d'un conflit entre la juridiction
américaine et la juridiction française, le juge Hale a exprimé cette
règle comme suit : « Dans l'affaire portée à la barre le demandeur a un
« privilège (*lien*) donné par la loi générale maritime des États-Unis.
« Ce privilège peut être renforcé par une action *in rem*. Ce droit est
« donné par les lois des États-Unis ; et les lois des États-Unis sont
« supérieures dans nos cours au droit français ». Cour de District du
Maine, 15 juillet 1918, dans l'affaire The Kongsli, 252 Fed. 267.

La République française revendiquait dans une action *in rem*
devant la Cour de District des État-Unis, district Est de New-York,
son privilège de vendeur sur le navire *Secundus*. La Cour, dans un jugement du 19 mars 1927, 1927 A. M. C. 641 ; Dor, 16, 330 (juge de
district Moscowitz), déclara que le privilège du vendeur n'est pas un
privilège maritime (*maritime lien*) au sens de la loi américaine et
débouta la demanderesse.

§ **4**. — Les règles sur les conflits maritimes sont créées aux États-
Unis, dans le cadre général que je viens de tracer, par la jurisprudence.
Ce n'est qu'incidemment que la loi fédérale tranche tel ou tel des pro-
blèmes qui nous occuperont. Nous ne pouvons, en conséquence, nous

attendre à trouver dans le droit américain un véritable *système* de solutions des conflits en matière maritime. Le juge tranche la question, lorsqu'elle se pose. Il est muet si la vie ne lui apporte pas l'occasion de formuler sa doctrine.

Nous suivrons le juge et ne parlerons que des problèmes qu'il a résolus ou, au moins, tenté de résoudre. Ces problèmes sont, d'abord, les principaux contrats maritimes, tels que l'affrètement, auquel vient s'ajouter la théorie de l'avarie commune, les contrats à la grosse et les fournitures, l'assurance, ensuite la situation juridique de l'équipage, enfin les abordages.

C'est dans l'ordre indiqué que nous analyserons la jurisprudence moderne des États-Unis.

II. — L'AFFRÈTEMENT ET LE TRANSPORT DES PASSAGERS

§ **1.** — La doctrine des tribunaux américains en matière d'affrètement et de transport des passagers et de leurs bagages est simple et rationnelle dans ses grandes lignes. La loi qui gouverne les rapports juridiques découlant de ces contrats est, en principe, celle que visent les parties. Au cas où elle n'est pas fixée explicitement dans la convention, on présume que c'est tantôt le lieu de l'exécution du contrat, tantôt le lieu de sa conclusion qui indiquent la volonté des parties et, par conséquent, la loi du contrat. Toutefois, l'ordre public peut imposer l'application du droit américain à des rapports juridiques issus du transport maritime qui, en principe, ne devraient pas lui être soumis ; telle est, par exemple, la nullité des clauses de non-responsabilité, contraires au Harter Act et aux règles antérieurement en vigueur aux États-Unis.

§ **2.** — Il serait certes impossible d'affirmer que toute la jurisprudence américaine est unanime à reconnaître les règles des conflits que je viens de formuler. Les particularités des espèces imposent parfois aux tribunaux américains des jugements qui ne cadrent pas avec la doctrine indiquée et nous nous trouvons alors en face de décisions absolument opposées.

L'analyse des principaux jugements prononcés au cours des dernières dizaines d'années nous permet de constater les variations que subit le système.

Commençons par un arrêt de la Cour Suprême des États-Unis du 16 novembre 1885 dans une espèce relative à l'interprétation d'une charte-partie qui a consacré dans cette question le principe de la loi de l'autonomie. La Cour écarte l'application de la loi du lieu du contrat, dans l'espèce la loi de la Louisiane, et se prononce en faveur de la loi maritime générale anglo-américaine. Voici les motifs de cette conclusion : « Si l'exécution de ce contrat doit être considérée comme dépen-

« dant de l'intention des parties, telle qu'elle s'est manifestée dans leur
« contrat écrit, cette exécution est régie par la loi que, par présomp-
« tion, elles ont dû avoir en vue quand elles passaient le contrat... Les
« Américains et les Anglais signant une charte-partie d'un navire anglais
« pour un voyage océanique doivent être présumés avoir en vue la
« loi maritime générale des deux pays... » Watts v. Camors & another,
115 U. S. 353.

Dans un jugement de la même année, le principe de l'autonomie
est reconnu en matière de connaissement par la Cour de District de
Maryland, The Oranmore, 15 décembre 1895, R., XV, 522 ; *Niemeyers
Zeitschrift*, XI, 1902, S. 309 : le tribunal dit que la clause d'un connaissement se référant à une loi étrangère est valable et doit être appliquée.

Dans un arrêt de la Cour Suprême des États-Unis, arrêt jouissant
d'une grande autorité, affaire Liverpool and Great Western Steam
Company v. Phenix Insurance Company, 5 mars 1889, 129 U. S. 397,
le juge Gray, après avoir examiné la jurisprudence antérieure, conclut :
« Cette revue des principales espèces démontre que suivant la grande
« majorité, sinon l'unanimité, des décisions jouissant de l'autorité, la
« règle générale que la nature, les obligations et l'interprétation d'un
« contrat doivent être régies par la loi du lieu où il est fait, à moins
« que les parties n'aient eu en vue, au moment où elles le faisaient,
« une autre loi, requiert que le contrat d'affrètement passé dans un
« pays entre ses citoyens ou résidents et dont l'exécution y commence,
« doit être gouverné par la loi de ce pays, à moins que les parties,
« quand elles contractaient, n'aient manifesté clairement leur intention
« mutuelle que ce contrat soit gouverné par la loi d'un autre pays
« quelconque ». Le juge conclut que, par application de ce principe,
les deux connaissements qui faisaient l'objet du contrat étaient soumis
à la loi américaine. Beale, II, 322 ; Lorenzen, *Cases on the conflict
of Laws*, 2d ed., 1924, p. 331.

Les termes d'un contrat d'affrètement peuvent servir, au regard
de la jurisprudence américaine, d'indication sur la volonté des parties
de se soumettre à telle ou telle autre loi nationale. Dans une espèce
récente, jugée par la Cour de District des États-Unis, district Ouest
de New-York, le 25 octobre 1929, aff. Louis Dreyfus et al. v. Paterson
Steam-Ships Ltd., 1930 A. M. C. 73, le tribunal fait observer qu'une
des clauses du connaissement répondait aux dispositions de la loi
canadienne sur le transport des biens par mer et, par conséquent,
applique au connaissement cette loi et non le Harter Act américain
de 1893.

Ce n'est que par application tacite du principe de l'autonomie que
la jurisprudence américaine énonce parfois d'une manière sommaire
que c'est la *lex loci contractus* qui règle les contrats de transport maritimes. Citons, à titre d'exemple, le jugement de la Cour judiciaire
Suprême de Massachusetts dans l'affaire Fonseca v. Cunard Steamship

Cᵒ de 1891 où celle-ci applique à un contrat de transport d'un passager
la loi du lieu de contrat (Beale, I, 529), ou l'arrêt de la Cour Suprême
des États-Unis du 29 mai 1897 dans l'affaire The Majestic dans le
même sens (opinion du Chief Justice Fuller, 166 U. S. 375).

Parallèlement, certains jugements parlent de la loi du lieu d'exécution comme de la loi du contrat. C'est également une conclusion
tirée de la loi de l'autonomie. Comp. Cour de District des États-Unis,
district de Maryland, 2 juillet 1915, aff. Reederei Aktien-Gesellschaft
Ocean v. Clutha Shipping Cᵒ Ltd., 226 Fed. 339 ; *Niemeyer's Zeits
chrift*, XXVII, 1918, p. 515.

§ **3**. — Le jeu normal de toutes les règles qui viennent d'être étudiées
peut être interrompu à tout moment par suite de l'intervention de la
public policy (politique publique), équivalent américain de « l'ordre
« public » français.

En matière de transports maritimes, la notion de l'ordre public
apparaît principalement, sinon exclusivement, quand se pose la question de la non-responsabilité. La jurisprudence européenne connaît
très bien les conflits de la loi américaine et des lois européennes dans
cette question. Le problème se dresse devant elle chaque fois que le
Harter Act américain de 1893 est invoqué. Aux États-Unis d'Amérique la question a surgi bien avant la date du Harter Act. La Cour
fédérale de District pour le district Sud de New-York, dans l'affaire
Hatheway c. armateur du Drantford City, a reconnu, dès le 2 dét
cembre 1886, R., III, 364, que la règle américaine, d'après laquelle un
transporteur ne peut stipuler qu'il ne répondra pas de sa négligence,
est la seule que les tribunaux américains puissent et doivent appliquer, lorsqu'il s'agit de marchandises embarquées dans un port des
États-Unis, même sur des navires étrangers et sous l'empire de
connaissements signés par des capitaines étrangers, et quand bien
même la loi du pavillon validerait telle stipulation.

Dans l'affaire déjà citée Liverpool and Great Western Steam Company, v. Phenix Insurance Company, jugée par la Cour Suprême
des États-Unis le 5 mars 1889, 129 U. S. 397, apparaît la même
conception : « Selon notre loi, dit le juge Gray, telle qu'elle est dé—
« clarée par cette Cour, une stipulation par laquelle l'appelant s'est
« exempté de la responsabilité pour la négligence de ses serviteurs,
« est contraire à la politique publique et par conséquent nulle. »

La Cour conclut que la perte des marchandises constituait une
violation du contrat et donna à l'affréteur le droit de poursuivre le
transporteur.

En 1893 apparaît le Harter Act. Rappelons qu'il règle la question
des conflits en ce qui concerne la clause de non-responsabilité pour
fautes dans le transport des marchandises et dans l'équipement des
navires : cette clause est déclarée nulle, quand il s'agit de navires

transportant la marchandise et les choses des ports des États-Unis et entre les ports des États-Unis et les ports étrangers (art. 1er et 2).

Immédiatement la question se posa si le Harter Act devait s'appliquer aux navires étrangers. La réponse affirmative ne manqua pas d'être donnée par la Cour Suprême des États-Unis dans les affaires The Silvia, 17 octobre 1898, 171 U. S. 462 et Knott v. Botany Mills, 22 octobre 1900, 179 U. S. 69 ; R., XVIII, 735. Comp. dans le même esprit, arrêt récent de l'Appellate Division, de la Cour Suprême de l'Etat de New York, aff. Empress of Russia, 1930 A. M. C. 18 ; Dor, 21, 329.

Les cours américaines ont reconnu de plus que l'autonomie des parties qui explicitement se réfèrent, en matière de transport, à une loi étrangère, ne saurait être opposée au Harter Act. La Cour Suprême des États-Unis, dans l'affaire The Kensigton, 183 U. S. 263 ; Beale, II, 530, s'agissant de perte des bagages des passagers, motive cette conclusion comme suit : « Il est vrai en règle générale que la *lex loci* gou-« verne, et il est également vrai que l'intention des parties au contrat « doit être cherchée et mise en vigueur. Mais ces deux principes élémen-« taires sont subordonnés à, et conditionnés par la doctrine que, ni en « vertu de la *comitas*, ni en raison de la volonté des contractants, la « politique publique d'un pays ne saurait être dédaignée. » La même affaire a été jugée dans le même sens par la Cour fédérale d'Appel de Circuit, 2e Circuit, 25 mai 1899, R., XV, 681.

La clause de non-responsabilité n'est pas la seule clause des contrats de transport maritime dans laquelle la jurisprudence américaine se laisse guider par la notion de la « politique publique ». Dans une espèce récente jugée par la Cour d'Appel de Circuit des États-Unis, 2e Circuit, le 29 juin 1925, aff. Oceanic Steam Navigation C°, Ltd. v. Katherine Cossoran, 1925 A. M. C. 1086 ; Dor, 12, 235, il s'agissait de la validité en Amérique de la clause d'un billet de passager qui imposait un délai de trois jours après débarquement pour les demandes en indemnité pour dommages personnels. « Une convention, dit la Cour, faite dans « ce pays et qui est contraire à la politique publique, peu importe « qu'elle ait été faite solennellement, est, comme telle, absolument « nulle et ne saurait être mise à exécution... La convention avait été « signée aux États-Unis par un citoyen américain. En tant qu'elle « libère le défendeur de sa responsabilité envers le demandeur pour sa « propre négligence, elle est nulle et sans effet, étant contraire à la « politique publique de ce pays proclamée maintes fois par la Cour « Suprême des États-Unis. » Il n'est pas facile de dire, en analysant cette décision, si la nullité de la clause en question résulte aux yeux de la Cour du fait qu'il s'agit d'un contrat américain au sens de la règle *lex loci* ou de la notion pure et simple de l'ordre public. Un des juges de la Cour, opposé à l'arrêt, le critiqua, en invoquant l'abus de la règle *lex loci*. En effet, il était question d'un passage entre Montréal et Liverpool et le fait que le billet avait été pris par le passager à Boston ne pouvait transformer ce contrat anglais en un contrat américain.

La jurisprudence américaine n'est pas assez développée sur ce point pour permettre de fixer exactement les limites de l'application de l'ordre public dans les contrats de transport maritime. Mais, pour en saisir la véritable portée, il y a lieu de tenir compte qu'à tout moment les règles générales sur les conflits dans cette question peuvent être rendues inapplicables en vertu de la *public policy*.

III. — AVARIES COMMUNES

§ 1. — La question du règlement des avaries communes est une de celles qui montrent le lien intime existant entre le choix du tribunal compétent et le choix de la loi applicable. Quand un tribunal américain dit que le règlement doit avoir lieu dans le port de tel pays, il entend que la loi de ce pays, la *lex fori*, réglera de ce fait même l'avarie commune. Ce lien s'explique facilement : les autorités qui seront chargées de cette procédure compliquée agiront naturellement selon eurs propres méthodes.

L'étude de la jurisprudence américaine sur la question qui nous occupe montre une unité de vue très remarquable. La pratique juridique, basée sur des décisions de la première moitié du 19e siècle, ne paraît pas varier sur le principe fondamental de la juridiction et de la loi du port de destination. Elle n'y déroge que dans des cas exceptionnels, tels que le transbordement des marchandises ; mais ici encore il s'agit, non d'une modification du principe, mais de son ajustement à des cas plus compliqués.

§ 2. — Commençons par le principe général qui soumet l'avarie commune à la juridiction et à la loi du port de destination.

La Cour judiciaire Suprême de Massachusetts dans l'arrêt Loring v. Neptune Insurance C° (1838), Beale, II, 597, énonça : « Le règlement « général de l'avarie dans le cas présent fut fait et ajusté à Hambourg, « port de destination, dans lequel les différents intérêts tenus à la « contribution devaient nécessairement être séparés l'un de l'autre. « Hambourg était donc la place propre du règlement et paiement de « l'avarie commune. Cette avarie commune devait nécessairement « être réglée selon les lois et usages de la place où le règlement a été « fait ».

La Cour Suprême de Pennsylvanie, dans un jugement du 3 décembre 1885, R., I, 634, adopta la même règle en décidant que le règlement d'avaries communes dépend des lois et usages du port de reste.

De même, aux termes du jugement de la Cour Fédérale de District, District Sud de New-York, du 7 avril 1894, aff. Insurance C° of North America et al. v. the Energia and the Wild Pigeon, 61 Fed. 222 : « Selon

« notre loi, comme selon la loi anglaise, toutes les contributions d'avarie
« pour le voyage doivent être déterminées et ajustées suivant le droit
« de la place de destination, qui, dans ce cas, est Shanghai, gouverné
« par la loi anglaise ».

§ **3**. — Dans toutes ces espèces, la situation n'était pas compliquée
par un transbordement de la cargaison : le port de destination du
navire est le même que le port de destination de la cargaison. Or il
arrive souvent qu'au cas d'avarie commune le navire ne peut pas
continuer son voyage, et le chargement arrive à destination sur un
autre navire. Comment s'applique alors le principe de la loi du port
de destination ? La pratique se prononce en faveur de la loi du port de
transbordement.

La Cour Fédérale de District, District Est de Pennsylvanie, dans un
jugement du 6 janvier 1891 dans l'affaire National Board of Marine
Underwriters v. Melchers, 45 Fed. 643, où la difficulté s'était produite,
dit par l'organe du juge Butler : « Le règlement d'avarie devait-il
« être fait selon la règle qui prévaut à Fayat ou les règles qui sont en
« vigueur à New-York ? La question soulève une difficulté. Je pense
« néanmoins que les vues exprimées par M. Lowndes dans son ouvrage
« sur les avaries communes, p. 198, sont saines et gouvernent la matière.
« Je les adopte en conséquence. Comme il le dit, quand le navire a fait
« naufrage ou a été tellement endommagé à la suite de périls de mer
« que le voyage ne peut pas continuer et le capitaine trouve et lui
« substitue un autre par lequel le chargement est porté à destination,
« en retenant son privilège et gagnant le fret, aucune séparation n'a
« lieu tant que la destination n'est pas atteinte. Par conséquent le
« règlement doit être fait selon les règles qui y dominent. Quand le
« capitaine envoie le chargement à sa destination par un autre navire
« en exécution de son mandat émanant des propriétaires, seul, sans
« avoir l'intention de retenir son privilège et gagner le fret, le règlement
« se fait selon les règles de la place du rechargement. »

Dans cette espèce, c'est l'autorité du livre classique de Lowndes
qui paraît justifier aux yeux du juge la solution du conflit en faveur
de la juridiction et de la loi du port de transbordement. La même
solution est défendue par d'autres considérations dans l'affaire The
Elisa Lines, jugée en première instance par la Cour de District, District
de Massachusetts, le 20 avril 1900, 102 Fed. 184. « Les affréteurs, dit
« le juge de district Putman, étaient obligés [par un jugement précé-
« dent] de payer le fret net, calculé selon les principes fixés par
« l'opinion [du juge], et ils étaient certainement tenus également à
« contribuer à l'avarie commune computée à la fin du voyage, tel
« qu'il aurait été normalement. Il est très probable que, suivant littérale-
« ment les conséquences de cette disposition, nous serions obligés
« d'ordonner que l'avarie commune soit réglée selon les usages qui

« prévalent à la rivière Plata [la cargaison était destinée à Montevideo
« ou Buenos-Ayres] ; mais le voyage était interrompu à Boston, et le
« règlement devait nécessairement y avoir lieu. Le lieu du règlement
« de l'avarie commune est plus une question de convenance qu'une
« question de théorie. Les règles sont largement artificielles et il est
« impossible, par la nature des choses, de faire justice exactement, toute
« la matière de l'avarie commune étant un *judicium rusticum...* » Ainsi
la juridiction et la loi du lieu du port où le voyage a été interrompu
sont ici justifiées par des simples raisons de convenance. La Cour
d'Appel fédérale, qui a examiné l'espèce The Elisa Lines encore une
fois, n'a fait aucune observation au sujet de ce raisonnement. Cour
d'Appel de Circuit, 1er Circuit, 13 février 1902, 114 Fed. 307.

Je trouve enfin dans un jugement postérieur de la Cour fédérale de
District, district Sud de New-York, du 19 décembre 1908, aff. A. Monsen v. G. Amsinck et autres, R., XXIV, 546, une formule relative
aux conflits en matière d'avarie commune qui est certainement préférable au raisonnement opportuniste de la Cour fédérale du District
de Massachusetts dans l'affaire The Elisa Lines. Aux termes de l'opinion du juge Holt qui a prononcé le jugement, « la règle générale est
« que, en matière d'avarie commune, on doit se référer à la loi du lieu
« de destination, soit du lieu où le navire et la cargaison se quittent
« définitivement (1) ».

§ **4**. — Telle est dans ses détails la règle américaine des conflits de
lois sur l'avarie commune. Ce qui peut frapper quand on l'examine,
c'est le peu de place qu'elle donne à la volonté des parties. On se demande
si la jurisprudence aurait admis que toutes les parties contribuant à
l'avarie commune peuvent faire elles-mêmes, de commun accord, le
choix d'une loi applicable.

Un seul jugement américain contient, à ma connaissance, des allu-
sions, d'ailleurs assez incertaines, sur la réponse à donner à cette question. C'est le jugement déjà assez ancien de la Cour de District, district
Est de New-York, du 16 juillet 1888, dans l'affaire Olivari v. Thomas
& Mersey Marine Ins. Co, 37 Fed. 894. Il s'agissait dans l'espèce d'un
règlement d'avarie effectué à New-York. Les assureurs avaient souscrit
à Bermuda des *bonds* dans lesquels ils déclaraient se soumettre à un
règlement d'arbitrage « selon les usages et lois établis dans des cas
« analogues », mais contestaient le caractère obligatoire de la dispache
de New-York, en prétendant que le règlement devait avoir lieu à
Bermuda selon les lois du *for*, car c'est à Bermuda que la cargaison
et le navire s'étaient séparés. La Cour déclara que le règlement de
New-York répondait à la formule des *bonds* signés des assureurs.

---

(1) Nous allons retrouver cette espèce, quand nous étudierons le contrat à
la grosse.

Ainsi la loi applicable avait été considérée comme dépendant de l'accord des parties. La question du choix de la juridiction qui, semble-t-il, devait également se poser, avait été laissée de côté. Implicitement elle est jugée selon le principe de l'autonomie ou de la prorogation de la compétence.

IV. — Contrats a la grosse, contrats de fournitures maritimes

§ **1.** — Les deux éléments essentiels du problème des conflits sont ici : 1° choix de la loi applicable au contrat lui-même et 2° choix de la loi qui fixe le caractère privilégié ou non de la créance découlant du contrat et qui détermine si, aux termes du droit américain, le contrat confère ou non un *lien* sur le navire et le fret. Si, sur le premier point, il ne s'agit que d'appliquer les principes en matière de contrat en général, la seconde question apparaît comme beaucoup plus compliquée, car une tendance à soumettre la réponse tantôt à la *lex fori*, tantôt à la loi du pavillon ne manque pas de se manifester.

§ **2.** — Je ne connais que deux décisions américaines qui cherchent à établir en principe quelle est la loi applicable au contrat à la grosse ou de fournitures, abstraction faite des difficultés que soulève la question du caractère privilégié ou non de la créance qu'il fait naître. Un de ces deux jugements arrive à des conclusions assez inattendues. Il s'agissait, dans l'espèce A. Monsen v. G. Amsinck et autres, soumise à la Cour de district Sud de New-York, jugement précité du 19 décembre 1908, R., XXIV, 546, d'établir si un prêt à la grosse contribue à l'avarie commune : incidemment la question se posait s'il s'agissait dans l'espèce réellement d'un prêt à la grosse. Le juge Holt a appliqué, pour décider cette question incidente, la loi portugaise de la destination du navire à laquelle appartenait, d'après lui, le règlement de l'avarie commune. «... Nous estimons, disait-il, que la traite satisfait « aux prescriptions de la loi portugaise pour constituer le contrat de « grosse ou *de risco* d'après cette loi ; et en conséquence, c'est à juste « titre que la somme reçue en paiement de la traite par les défen- « deurs a été comptée dans la masse contributive à l'avarie commune. » Cette décision est très critiquable : la loi régissant l'avarie n'a rien à voir avec la question de la loi applicable au contrat à la grosse pris en lui-même. Il fallait d'abord déterminer la loi de ce contrat et, ensuite, utiliser la réponse par la solution d'une question tout à fait différente, si le prêt devait contribuer à l'avarie commune, solution dépendant de la loi de l'avarie.

Cette décision manifestement erronée ne peut aucunement être considérée comme créant un précédent en matière de conflits des lois relatives aux contrats à la grosse ou de fournitures. Nous devons lui opposer le jugement récent dans l'affaire The City of Atlanta. La Cour

de district Sud de Georgie, par l'organe du juge Barrett, se prononça
sur le choix de la loi applicable à un contrat de fourniture passé par le
navire *The City of Atlanta* dans la République de Cuba. Le juge déclara que c'est la loi de cette république comme loi du lieu où le contrat
était passé qui gouvernait ce dernier et cita à l'appui un passage du
jugement de la Cour Suprême des États-Unis dans l'affaire Liverpool
and Great Western Steam C° v. the Phoenix Insurance C° (1889),
concernant l'affrètement, que nous avons déjà cité au cours de cet
exposé, ainsi qu'une formule encore plus générale du *Corpus juris*
américain sur la *lex loci contractus*.

Ainsi la loi des contrats que nous examinons est la loi de l'État
où ce contrat a été fait, 1924 A. M. C. 1305 ; Dor, 9, 396.

§ **3.** — Le jugement dans l'affaire The City of Atlanta que je viens
d'analyser est intéressant encore à un point de vue. Il soulève, entre
autres, la question spéciale qui s'est maintes fois présentée aux tribunaux américains, à savoir quelle est la loi qui détermine si une créance
découlant d'un prêt ou de fournitures maritimes est privilégiée ou
non. Le juge Barrett donne une réponse simple et logique : « La loi du
« contrat, dans l'espèce la loi cubaine, décide si le *lien* (privilège)
« existe ».

Mais cette solution simple et logique est loin d'avoir pour elle la
majorité des décisions judiciaires. Au contraire, la pratique cherche
généralement d'autres réponses plus conformes aux idées générales
américaines sur les actions *in rem*. La solution communément admise
est en faveur de la *lex fori*, de la « loi maritime générale, telle que la
« pratiquent les États-Unis ». C'est elle qui doit déterminer si un contrat
de prêt ou de fourniture confère un privilège au créancier. Telle est
la décision de la Cour Suprême des États-Unis dans l'affaire The
Lottawanna (1874), 21 Wall. 558, décision jouissant jusqu'ici d'une
certaine autorité : la Cour décide que les fournitures faites à un
navire dans son port national ne confèrent pas de privilège au four-
nisseur d'après la loi maritime générale et refuse de reconnaître un
tel privilège aux États-Unis.

Dans une affaire plus récente (aff. The Hoxie), la Cour de district
de Maryland jugea, le 30 juillet 1923, 1923 A. M. C. 937 ; Dor, 6, 357,
que la question de l'existence d'un privilège découlant d'avances
faites au Danemark à un navire constituant la propriété d'une Compagnie danoise dont la maison-mère est américaine (American Express
Company) doit être solutionnée selon la loi américaine.

L'arrêt de la Cour d'Appel de Circuit, 2e Circuit, du 2 juin 1924,
dans l'affaire The Lydia, 1924 A. M. C. 1001 ; Dor, 8, 194, prononcé
par le juge de Circuit Bough. reproduit la même thèse. « En ce qui
« concerne l'action des fournisseurs de charbon de soute, il est pro-
« bable que le tribunal inférieur jugea sur la base de la théorie que

« l'action était une demande concernant les « nécessités » ou les four-
« nitures. Actuellement il est affirmé que, comme en droit britannique,
« il n'existe pas de privilèges en matière de fournitures et l'action ne
« peut pas être soulevée. Il n'est pas nécessaire de recourir à des cita-
« tions pour montrer que les tribunaux de ce pays ont toujours envi-
« sagé les privilèges pour réparations et fournitures comme découlant
« du droit maritime général. Le fait qu'actuellement ils sont plus commo-
« dément et plus généralement basés sur un statut des États-Unis
« ne change pas la vérité de cette affirmation. *Prima facie* dans nos
« tribunaux une action *in rem* pour fournitures sur demande régulière
« est du ressort des Cours de district des États-Unis, car c'est une action
« d'amirauté. » Le sens de cette affirmation présentée dans une forme
assez confuse paraît être le suivant : le privilège en matière de fourniture est reconnu seulement s'il découle de la « loi maritime générale »
ou, plus simplement, d'une loi américaine.

A côté de la *lex fori* on applique également, en ce qui concerne la
question de privilège de l'espèce discutée, la loi du pavillon ou la loi
du lieu du contrat. Sans faire de choix entre les deux, le juge Haight
de la Cour de District de New-Jersey dit dans l'affaire The Kaiser
Wilhelm II, jugement du 31 janvier 1916, 230 Fed. 717 : « Certaine-
« ment le demandeur ne peut soutenir une procédure *in rem*, à moins
« qu'il n'ait un privilège sur le navire ou un autre droit quelconque
« d'agir directement contre celui-ci... On ne voit aucune circonstance
« dans la présente affaire qui aurait pu justifier un tribunal de ce pays
« dans la reconnaissance au demandeur d'un droit qu'il ne possède pas
« selon la loi du pavillon du navire ou la *lex loci* ».

Si, dans cette espèce, le tribunal n'avait pas besoin de choisir entre
la loi du pavillon et la loi du lieu, nous voyons dans d'autres cas la
jurisprudence américaine se prononcer en faveur tantôt de l'une,
tantôt de l'autre de ces lois.

La Cour de District Est de New-York dans son jugement dans
l'affaire T. S. Negus et al. v. s/s. Northern Star, Harry Luber, 1925
A. M. C. 1135 ; Dor, 12, 238, dit : « La question de savoir si un privi-
« lège, indépendant d'un contrat explicite, existe pour les fournitures
« de commodités faites à un navire étranger, dépend de la loi du lieu
« où les fournitures ou commodités ont été avancées et non de la loi
« du pays auquel appartient le navire. »

Tout en proclamant le même principe, un autre jugement américain
accepte le renvoi et arrive en définitive à la loi du pavillon. C'est la
loi italienne qui doit régir le contrat passé en Italie pour la fourniture
du charbon de soute livré en Italie, dit ce jugement, mais il ajoute
que, d'après la loi italienne, le privilège des fournisseurs sur un navire
est régi par la loi du pavillon du navire, et applique cette dernière.
Cour de District de Massachusetts, 3 juillet 1923, aff. Società anonima
Ricardo Gaulino v. s/s. Coastwise, 1923 A. M. C. 942 ; Dor, 6, 357.

Enfin, dans un jugement de la Cour de District Sud de New-York du 21 mai 1924, la loi du pavillon est choisie purement et simplement pour établir le privilège sur le navire d'une compagnie italienne ayant fait des fournitures à un navire allemand à Gênes. Cilento v. s/s. R. C. Rickmers and Rickmers Rhederei A. G., 1924 A. M. C. 971 ; Dor, 8, 198.

§ **4.** — Il n'est pas facile de conclure sur la teneur positive du droit des conflits américain dans la question qui nous occupe. S'il est permis de parler d'une orientation finale d'une jurisprudence qui, à tour de rôle, a accepté tous les points de vue imaginables, celle-ci paraît tendre vers les règles suivantes : 1º le contrat à la grosse et le contrat de fournitures sont régis par les principes généraux des conflits des lois en matière contractuelle ; 2º mais les privilèges des créanciers sur le navire et le fret dépendent de la loi du pavillon du navire. Toutefois la seconde de ces deux règles n'est pas définitivement adoptée et il se peut qu'elle soit remplacée par l'extension aux privilèges en question de la règle de la loi du contrat.

V. — Le contrat d'assurance maritime

§ **1.** — La jurisprudence américaine en matière de conflits des lois sur les assurances maritimes n'est pas très riche, mais elle apparaît comme plus stable que celle relative à d'autres conflits maritimes. On peut la résumer comme suit : le contrat est soumis à la règle de l'autonomie ; il y a présomption que la loi choisie par les parties est celle du lieu d'exécution. Toutefois des considérations d'ordre public peuvent imposer exceptionnellement l'application de la loi du *for*.

La règle générale est formulée avec autorité dans un arrêt bien connu de la Cour Suprême des États-Unis du 10 mai 1897 dans l'affaire London Assurance v. Companhia de Moagens, 167 U. S. 149, reproduit dans Beale, II, 387. Le juge Peckham conclut que la police d'assurance émanant d'une société anglaise et devant être exécutée à Londres est soumise à la loi anglaise. Il raisonne comme suit : En général la loi du lieu où le contrat doit être exécuté régit celui-ci. Il cite Story, qui justifie cette règle par l'intention présumée des parties et certaines décisions judiciaires américaines et anglaises dans le même sens. Il estime dès lors que « l'interprétation du contrat, dans l'intention des « parties, devait dépendre des principes de la loi anglaise, tels que ces « principes étaient déterminés et reconnus par les usages du Lloyds ».

Les tribunaux vont si loin dans cette voie qu'ils déclarent que les clauses des polices d'assurance anglaises doivent être interprétées conformément aux décisions des tribunaux anglais : aff. Middleton S. Bosland, as receiver, etc. v. Standard Marine Insurance Company Ltd. jugée par l'Appellate Term de la Cour Suprême de l'État de New-York, mai 1925, 1925 A. M. C. 1116 ; Dor, 12, 213.

§ **2.** — La réserve de l'ordre public est nettement établie par les deux décisions récentes de la Cour Suprême de l'État de Texas et de sa Commission d'Appel dans l'affaire R. Waverley (Home Insurance Company, Compañia General Anglo-Mexicana de Seguros S. D. et al. v. C. J. Dick et al.). Il s'agissait de savoir si la clause d'une police d'assurances, limitant le délai d'action et valable d'après la loi de la République mexicaine, lieu de se délivrance, pouvait être appliquée sur le territoire américain. La Cour de première instance déclara, 1928 A. M. C. 1049 : « Il est indifférent que la règle de la prescription « annale de ce contrat soit valable selon les lois du Mexique, car cette « règle est contraire à la politique publique expresse de notre État, · « telle qu'elle est reflétée dans le statut cité sur cette matière et « les décisions citées de ses tribunaux ». « Nous sommes d'avis, dit « le juge d'appel, 1929 A. M. C. 1193, que c'est une loi établie de « cet État [Texas] que les limitations contractuelles et statutaires « invoquées par les compagnies d'assurances, légales dans la Répu- « blique du Mexique, sont privées de force dans cet État, car elles « sont contraires aux lois statutaires du Texas et à la politique « publique de cet État, telle qu'elle est exprimée dans les statuts « et décisions de celui-ci, et car la question de limitation est une de « celles qui dépendent de la loi du forum » (1).

VI. — Gens de mer

§ **1.** — La doctrine américaine assure (Hughes, p. 27 et s.) qu'en principe les contestations entre l'armement et les gens de mer ne sont obligatoirement soumises à la juridiction des tribunaux américains que s'il s'agit d'équipages de navires battant pavillon des États-Unis. Un tribunal américain, prétend-elle, ne juge une action relative à l'équipage d'un navire étranger qu'à titre exceptionnel et seulement en cas d'extrême nécessité. Il y a lieu d'ajouter que, de plus, une série de conventions diplomatiques attribue à la juridiction des contrats étrangers toutes les contestations entre navires et équipages de leur pays.

L'étude de la jurisprudence récente ne permet pas d'accepter cette affirmation sans des réserves très importantes. Les cadres de la juridiction américaine dans ces questions nous apparaissent comme étant beaucoup plus larges que ne l'affirme la doctrine. Un premier point doit être signalé d'abord. Même en matière de conventions diplomatiques concernant la juridiction des consuls étrangers, les Cours américaines manifestent une tendance à restreindre autant que possible la compétence consulaire en faveur de leur propre compétence. Ainsi la Cour de District Ouest de Washington, dans un jugement du 19 mai 1905, aff. Neck, R., XXI, 374, a considéré que l'article du traité avec

(1) Voir les observations sur cette décision. *infra. Jurisprudence des États-Unis.*

l'Allemagne de 1871 sur la compétence exclusive des autorités consulaires en matière de différends entre capitaines et équipages allemands ne pouvait pas empêcher une Cour d'amirauté américaine de connaître d'une action en paiement de salaires introduite par un marin, citoyen américain, conformément à la loi américaine, s'il a pris et quitté le service aux États-Unis. Je ne connais pas d'autres jugements dans le même sens ; par contre, il en existe certains qui sont plus respectueux des conventions consulaires ; comp. jugement de la Cour de District de Massachussetts du 25 avril 1906, aff. Bound Brook, R., XXII, 379. Mais, même pris isolément, le jugement dans l'affaire Neck est intéressant : la présence d'un élément américain quelconque dans les rapports individuels entre des navires étrangers et leurs équipages entraîne immédiatement la compétence des tribunaux américains, malgré même l'existence d'une convention contraire.

On peut s'attendre à ce que, sur un terrain juridique non couvert par des conventions consulaires, la même tendance à élargir les limites de la compétence des tribunaux américains ne soit pas moins prononcée. En effet, je ne vois dans la jurisprudence récente qu'une seule catégorie de différends entre navires et équipages étrangers qui soit formellement déclarée ne pouvoir jamais entrer dans les limites de la juridiction américaine. Dans l'espèce Gloria de Larrinaga jugée par la Cour de District Sud de New-York le 22 juin 1911, R., XXVIII, 106, le juge Hough a déclaré : « Il est préférable de juger que toute « indemnité pour insuffisance ou mauvaise qualité des vivres d'un « marin a le caractère d'une pénalité et est adjugée à titre de punition « d'un dommage. Or il n'y a pas d'exemple connu qu'une Cour d'ami « rauté ait accepté de connaître d'une demande de cette nature, basée « sur *des faits qui se sont produits en lieux étrangers, et intentée par des* « *étrangers.* Il y a des motifs bien évidents pour ne pas encourager ou « accepter de juger des litiges de ce genre, et, étant données la procé « dure et les règles édictées par la section 198 de l'Act de 1894, rela « tivement aux plaintes pour mauvaise alimentation, aucune considé « ration, même de pure bienveillance, ne pousse la Cour à accepter de « connaître du litige actuel. »

Dans l'espèce en question, trois éléments essentiels de l'action du marin contre l'armement n'étaient pas américains, mais étrangers : le navire et le marin ne possédaient pas la nationalité des États-Unis et l'action avait comme fondement un acte commis hors des États-Unis. Le juge signale *in fine* un quatrième élément non américain : la législation maritime des États-Unis ne donne pas d'action à un marin dans les circonstances de l'espèce. Cette dernière indication du juge Hough peut paraître quelque peu inattendue. En effet, d'après les règles sur les conflits que nous étudierons plus bas, le tribunal américain aurait dû appliquer dans l'espèce non le droit américain, mais le droit étranger. Le fait que l'action ne trouvait pas de base dans le droit américain aurait pu paraître indifférent au regard de la question de juridiction. Mais telle n'est pas, nous le savons, la logique de la jurisprudence américaine. La reconnaissance par la loi américaine d'un droit revendiqué par-devant le juge des États-Unis est un élément qui donne naissance à la compétence de ce juge.

L'analyse du jugement Gloria de Larrinaga nous permettra de dégager les cas où les actions des gens d'équipage sont du ressort des tribunaux américains.

Il suffit d'un des quatre éléments énumérés ci-dessus : pavillon américain du navire, nationalité américaine du marin, territoire américain du contrat ou du délit, reconnaissance de l'action par le droit américain, pour établir la juridiction des juges des États-Unis.

Voici à l'appui de cette affirmation une série de décisions judiciaires récentes, toutes reconnaissant la juridiction des États-Unis.

The Lamington, Cour de district Est de New-York, 6 juin 1898, 87 Fed. 752 : reconnaissance de l'action par le droit américain, navire anglais, la question de la nationalité du marin demandeur laissée de côté. « Quand, dit le juge Thomas, un délit est commis dans un pays « étranger et dans les limites de sa propre juridiction exclusive, une « action en dommage ne peut être maintenue dans les Cours d'un « autre pays que si le fondement de l'action (*cause of action*) est main- « tenu dans les deux pays. »

Alnwick, jugement de la Cour de district Sud de New-York, 22 juin 1904, R., XX, 459 : navire étranger, marin américain, reconnaissance de l'action en paiement de salaires par le droit américain.

Neck, cité ci-dessus.

The Hanna Nielsen, Cour de District Est de New-York, 26 juillet 1920, 267 Fed. 729 : navire norvégien, action basée sur un accident ayant eu lieu à Gibraltar, action reconnue par le droit américain ; juge Chatfield : « Si l'accident s'est produit, la juridiction appartient « aux Cours des États-Unis, quand le navire vient dans un port des « États-Unis et quand la loi des États-Unis permet de prendre en consi- « dération telle cause d'action. »

Même affaire devant la Cour d'Appel de Circuit du 2e Circuit, 13 avril 1921, 273 Fed. 171 : opinion du juge de circuit Hough apparemment dans le même sens.

Thomas H. Lhepard et autres c. le s/s. Buenos-Ayres, Cour de District Sud de New-York, 9 novembre 1922, Dor, 2, 385 : demandeur américain, navire étranger, accident mortel en haute mer.

Pour établir à quel point s'est élargie la définition des limites de la compétence des tribunaux américains dans la question qui nous occupe, il est intéressant de citer encore un jugement de la Cour de District Est de New-York du 25 février 1925, dans l'affaire Jan Peereborn c. navire Ubbergen, 1925 A. M. C. 557 ; Dor, 11, 251. Le tribunal a retenu une action d'un marin hollandais en dommages-intérêts pour blessures,

contre un navire hollandais, pour la seule raison que le navire faisait
le commerce avec les Antilles et qu'il était plus commode d'instruire
l'affaire devant un tribunal des États-Unis.

§ 2. — Les difficultés que soulève la situation juridique des gens de
mer apparaissent, au regard de la règle américaine des conflits, dans
deux formes principales : rapports purement contractuels entre l'armement et l'équipage et rapports issus de délits civils (*torts*) dont les
marins ont été victimes. Dans le premier cas, le droit américain s'oriente
dans la direction des solutions que le droit américain préconise en
matière de contrats en général ; dans le second, il tend à appliquer la
règle des conflits en matière de délits (*torts*). Mais ce serait trop sim-
plifier la question que de nous arrêter à cette observation. La jurisprudence américaine tient compte des particularités de l'engagement
des marins et aboutit à créer un système beaucoup plus compliqué que
celui de l'application mécanique des principes généraux de sa théorie
des conflits.

Commençons par les questions purement contractuelles. Dans
un jugement de la Cour de district Ouest de Washington du 3 juillet
1902, R., XVIII, 576, nous trouvons consacrée la règle suivante : tout
engagement contracté par un matelot sur le territoire des États-Unis,
que ce soit même pour un service à bord d'un navire étranger, est
soumis à la loi américaine, notamment à l'acte de 1898 « modifiant
« les lois concernant les matelots américains en vue de protéger ces
« derniers et encourager le commerce ». C'est l'application de la règle
traditionnelle : *locus regit actum*. Ce même principe, dans une question d'avances sur salaires, reçoit, le 1er juin 1903, la sanction de la
Cour Suprême des Et ts-Unis, aff. Peterson et autres c. Dickson,
R., XIX, 472. Même solution dans un jugement de la Cour de District
Sud de New-York du 22 juin 1904, aff. Alnwick, R., XX, 459.

Parallèlement à ces précédents, tous concernant des engagements
contractés sur territoire américain, une série d'autres décisions
judiciaires ne tiennent aucun compte du lieu où l'engagement a été
contracté et préconisent l'application pure et simple de la loi du pavillon du navire. La Cour de District de Pennsylvanie, dans un jugement
du 22 juin 1901, aff. Endora, R., XVII, 219, déclare que la loi américaine précitée de 1898 n'est pas applicable aux gens de mer, qu'ils
soient américains de naissance ou par naturalisation, lorsqu'ils navi-
guent régulièrement sur un navire anglais, car ils deviennent — ajoute-t-
elle — pendant ce temps, matelots anglais. La Cour justifie cette décision par la raison que le navire étranger est une partie du territoire de
l'État auquel il appartient et ajoute que la loi du pavillon gouverne la
discipline intérieure, l'engagement des matelots et l'époque et le mode
de paiement des loyers. Dans l'affaire The Belgenland, 114 U. S. 36,
que nous aurons encore l'occasion de citer, la Cour Suprême des États-

Unis s'est prononcée dans le même sens : « Quiconque s'engage volon-
« tairement à servir à bord d'un bâtiment étranger accepte nécessaire-
« ment d'être soumis à la loi du pays auquel appartient le navire. »

En citant cet arrêt, la Cour d'Appel de Circuit du 2e circuit a jugé,
le 18 janvier 1922, dans l'affaire Fazel Ahammed et autres c. le s/s.
City of Norwick, Dor, 1, 283, que les demandeurs marins hindous du
Punjab qui furent engagés à Bombay à bord d'un navire anglais sont
soumis à la loi anglaise. La même Cour, dans un arrêt du 19 janvier 1925,
dans l'affaire Transportes maritimos do Estado v. Sylvio A. Almeida,
Dor, 11, 252, dit que le rôle d'équipage d'un navire portugais doit être
interprété suivant la loi portugaise. Enfin dans la question des avances
aux marins, avances prohibées par le droit américain, la Cour de District Sud de New-York a jugé le 29 juillet 1925, aff. J. J. Jackson
et autres c. navire Archimedes, 1925 A. M. C. 1207 ; Dor, 12, 230,
que c'est la loi du pavillon du navire étranger qui s'applique.

Si on compare la solution donnée par la jurisprudence en matière
de contrats conclus sur le territoire américain et celle qui, comme
nous venons de le voir, a prévalu dans la question des rapports contractuels entre navires étrangers et marins, on sera amené à constater
entre elles une contradiction logique. La loi du pavillon règle la situation de l'équipage, tel semble être le principe général. Il devrait en
résulter que la loi américaine s'applique dans notre question seulement
quand il s'agit de l'équipage d'un navire américain. Pourquoi juger
alors qu'elle s'applique également quand l'engagement est fait sur
territoire américain ? Ou si, au contraire, on considère que la règle
locus regit actum gouverne les contrats des gens de mer, comment
alors admettre la formule si caractéristique d'un des jugements pré-
cités : « Un marin à bord d'un navire anglais est un marin anglais » ?

Je crois que jusqu'ici la contradiction qui existe entre les deux
règles préconisées par la jurisprudence américaine n'a pas été remarquée.
Avec sa fidélité à la tradition le droit des conflits américain pourra
encore vivre longtemps sous cette forme de deux règles contradictoires, dont chacune empiète sur le terrain logique de l'autre.

§ **3**. — La question des rapports entre armement et marins en matière de responsabilité délictuelle subit une évolution analogue. Le
point de départ des solutions jurisprudentielles est la règle commune
en matière de délits : application de la loi du lieu où le délit a été
commis. Dans l'espèce The Lamington, jugée par la Cour de district
Est de New-York le 6 juin 1898, 87 Fed. 752, le juge Thomas expose
la règle comme suit : « Quand une personne employée comme marin
« à bord d'un navire anglais a subi un dommage en haute mer à la
« suite d'une prétendue négligence du propriétaire de mettre des cordes
« autour de la machine du navire ou, si les cordes étaient placées, de
« remplacer les cordes défectueuses par des cordes satisfaisantes, si

« ce marin intente *in rem* une action en dommages-intérêts dans une
« Cour de district des États-Unis, la question de la responsabilité
« doit-elle être gouvernée par la loi anglaise ou par la loi des États-Unis ?
« L'action est fondée sur un délit (*in tort*) ; la responsabilité doit-elle
« être gouvernée par la loi des États-Unis ? L'action est basée sur un
« délit ; par conséquent la responsabilité doit être déterminée par la
« loi du lieu où l'acte délictueux (*tortious act*) a été commis ou éprouvé ».
Il en résulte pratiquement qu'en cas d'accident en haute mer, c'est
la loi du pavillon qui s'applique.

Dans une série de jugements postérieurs, relatifs aux accidents en
haute mer, les Cours se placent franchement sur le terrain de la loi du
pavillon. La Cour Suprême des États-Unis, dans l'affaire The Hamilton (1907), 207 U. S. 398 ; Beale, II, 589, décide : « Bref, le seul fait
« que les parties sont hors du territoire [des États-Unis] dans un lieu
« qui n'appartient à aucun souverain ne limite pas l'autorité de l'État
« telle qu'elle est acceptée par la théorie civilisée (*sic*). Personne ne
« doute du pouvoir de l'Angleterre ou de la France de gouverner
« leurs propres navires en haute mer (1). » La conséquence en est,
dans l'espèce, que la loi américaine du pavillon et, plus spécialement,
la loi de Delaware, s'applique pour déterminer la responsabilité des
propriétaires américains du navire fautif appartenant à cet État.
Dans le même sens : Cour de district Sud de New-York, 13 mai 1909,
aff. Beyer v. Hamburg-America S. S. C°, R., XXV, 279 ; Cour de district
Est de New-York, 26 juillet 1920, aff. The Hanna Nielsen, juge Chatfield : « Dans une telle espèce la loi de la nation, dont le territoire
« est représenté par le navire et où l'accident a eu lieu, sera prise en
« considération pour établir les droits et responsabilités des parties » ;
Cour de District Sud de New-York, 9 novembre 1922, aff. Thomas
H. Lhepard et autres c. le s/s. Buenos-Ayres, Dor, 2, 385 ; Cour de
District Est de New-York, 31 octobre 1925, aff. Sam Sing v. s/s. Traf-
ford Hall, 1925 A. M. C. 1589 ; Dor, 13, 258, juge Garvin : « Je suis de
« l'opinion que la cause de l'action qui a provoqué le présent procès
« d'amirauté est née en haute mer. Le navire était britannique, le
« demandeur un Chinois, le défendeur un sujet britannique. Dans ces
« conditions, la loi britannique contrôle » ; Division d'Appel de la Cour
Suprême de l'État de New-York, 22 mai 1926, aff. George Clark v.
Montezuma Transportation C° Ltd et autres, Dor, 14, 311 ; Cour
d'Appel de Circuit, 2e circuit, 10 janvier 1927, aff. H. Plamals v.
s/s. Pinar del Rio, 1927 A. M. C. 268 ; Dor, 15, 342.

La règle de la loi du pavillon est la conséquence de l'application
de la *lex loci actus* : en haute mer le navire est assimilé à un territoire
national. Voyons maintenant quelle est la conséquence du même principe traditionnel de la loi du lieu du délit, quand il s'agit d'accident

____

(1) Comp. sur cet arrêt les observations de Whitelock, art. précité, p. 411
et s.

sur un navire mouillé dans les eaux territoriales. La loi du pavillon
doit-elle encore être appliquée ?

La solution qu'apportent les tribunaux américains est influencée
par une considération qui n'a pas de grande valeur théorique : celle
de savoir s'il s'agit des eaux territoriales des États-Unis ou des eaux
territoriales étrangères. En ce qui concerne les accidents dans les ports
américains, l'application des lois des États-Unis s'impose à la cons-
cience des juges ; ils sont beaucoup moins portés à admettre l'application de la loi territoriale d'un port étranger.

Le juge Chatfield, dans le jugement The Hanna Nielsen, qui tâche
de résumer tout le système des règles sur les conflits en matière d'accidents des gens de mer, jugement que j'ai déjà cité et que j'aurai encore
une fois l'occasion d'analyser, énonce la règle suivante : « Si l'accident,
« dit-il, avait eu lieu dans un port des États-Unis, les lois des États-
« Unis s'appliqueraient. » En effet, une série de jugements récents
consacre ce principe : Cour de district Est de Virginie, 22 février 1925,
aff. Echmundo Heredia v. Steamship Apurimac, 1925 A. M. C. 604 ;
Dor, 11, 224, juge Groner : « Je suis certainement de l'opinion que le
« droit des États-Unis est applicable dans les circonstances en pré-
« sence, le dommage s'étant produit dans un port américain » ; dans
le même sens, Cour d'Appel de Circuit, 4e Circuit, 14 avril 1926, même
affaire, Dor, 14, 378 ; Cour de district Est de New-York, 25 juin 1925,
aff. James Kirby v. s /s. Navarino, 1925 A. M. C. 1062 ; Dor, 12, 224,
juge Campbell : « A mon avis le droit des États-Unis est applicable,
« car le dommage a été souffert dans un port américain. »

On pourrait s'attendre à voir appliquer la loi territoriale aux accidents
dans les eaux territoriales étrangères. En réalité la jurisprudence est
loin d'être unanime sur ce point. Dans l'affaire The Hanna Nielsen
déjà citée, le tribunal de première instance, Cour de District Est de
New-York, 26 juillet 1920, 267 Fed. 729, se prononce en faveur de
l'application de la loi anglaise dans le cas d'accident survenu à bord
d'un navire norvégien dans un port britannique ; mais la Cour d'Appel
préfère de ne pas prendre position, Cour d'Appel de Circuit, 2e Circuit,
13 avril 1921, 273 Fed. 171.

Presque en même temps, la Cour de District Ouest de Washington,
le 27 décembre 1921, Wentzler v. Robin Line S. S. Co, 277 Fed. 812,
déclare dans une affaire relative à un accident dans un port étranger
dont un marin américain a été la victime, que « tant au point de vue
« de la raison que des autorités, il est clair que la loi du pavillon et
« non la loi de Cuba contrôle le présent procès ». En invoquant ce jugement, la Cour Suprême de l'État de New-York décide, dans l'affaire
Geruci, Administrator v. Cunard Steamship Company, le 16 avril 1923,
1923 A. M. C. 976, que la loi anglaise du pavillon s'applique pour
établir les conséquences d'un accident survenu dans le port de la
Havane. Voici enfin une décision très bien motivée et d'allure doctri-

nale de la Cour Suprême de l'État de New-York, du 2 novembre 1929,
dans l'affaire Carrington v. Panama Mail S. S. C⁰ : « Le lieu de l'accident
« qui causa la mort était le navire et non le port de Cristobal où le
« navire se trouvait ancré. *Cela résulte de la règle connue comme loi du*
« *pavillon,* d'après laquelle le navire est une partie du territoire de la
« nation dont il porte le pavillon, et les lois de la nation gouvernent
« la responsabilité du propriétaire en ce qui concerne les délits mari-
« times. En d'autres termes, la juridiction et le droit de la nation où
« le navire fait l'objet de propriété le suivent quels que soient le port
« et rade dans lesquels il peut entrer. Si cela est vrai, il s'ensuit que du
« moment que le dommage dont on se plaint ici a été commis sur un
« navire américain évidemment battant pavillon américain, l'action
« est gouvernée par les lois des États-Unis et non par les lois spéciales
« applicables dans la zone du canal. »

Tel paraît être le résultat final du développement de la jurisprudence
dans cette question. Certes, il existe des jugements discordants, mais
ils paraissent être isolés. Ainsi, la Cour Suprême de l'État de New-
York, dans une décision du 6 avril 1925, aff. Clark v. Montezuma Transportation C⁰ Ltd, 1925 A. M. C. 764 ; Dor, 11, 225, fait dépendre la
loi applicable du lieu où l'engagement du marin a été conclu. La Cour
d'Appel de Circuit, 2ᵉ Circuit, le 10 janvier 1927, aff. United States
Shipping Emergency Fleet Corporation and A. H. Bull & C⁰ v. Esther
Greenwald, administratrix, 1927 A. M. C. 308 ; Dor, 15, 375, admet un
autre point de vue : l'application de la loi du domicile du propriétaire
du navire, dans l'espèce des États-Unis, c'est-à-dire la loi du district
de Colombie. Ou, encore, la Cour de District de Massachusetts. dans une
espèce Richard L. Morey et al. v. S. S. Presidente Wilson, 1929 A. M. C.
357, concernant la mort causée par une collision des navires, se réfère
à « la loi maritime générale ». Ou, enfin, dans une affaire concernant
la mort d'un capitaine causée par un acte maritime délictueux (*maritime tortious act*) dans un port étranger, la Cour de district Sud de
Géorgie, aff. Rosa Marshall v. S. S. Samnanger and Westfal-Larsen
& C⁰, 1924 A. M. C. 517 ; Dor, 7, 278, retourne à l'application de la loi
territoriale du port, faisant toutefois valoir qu'il s'agit d'un arrimeur
(*stevedore*) et non d'un marin.

Mais toutes ces décisions ne paraissent point être considérées comme
créant des précédents. L'orientation finale de la jurisprudence est
plutôt la formule de la loi du pavillon.

Il est très intéressant de signaler dans cet ordre d'idées que, même
dans les cas d'accidents dans les eaux américaines où, nous l'avons vu,
les tribunaux américains appliquaient généralement la *lex loci*, la règle
de la loi du pavillon commence également à trouver sa place. Ainsi,
dans l'affaire Antonio Plamels c. le navire Pinar del Rio, 1925 A. M. C.
1309 ; Dor, 12, 223, la Cour du District Sud de New-York, le 27 août
1925, a déclaré applicable la loi anglaise du pavillon à un accident

survenu à bord d'un navire anglais mouillé dans un port américain.

Nous pouvons résumer maintenant les règles des conflits en matière d'accidents survenus aux gens de mer. La jurisprudence américaine soumet les conséquences juridiques de ces accidents en tant qu'ils surviennent en haute mer et dans les eaux territoriales à la loi du pavillon, à l'exception des accidents dans les eaux territoriales américaines ; mais même dans ce dernier cas le jugement Pinar del Rio indique une tendance en faveur de la loi du pavillon.

§ **4**. — Ces principes sont-ils applicables à la question des privilèges de gens de mer en ce qui concerne leurs salaires ou dommages-intérêts en cas d'accidents ? En d'autres termes, quelle est la loi qui dira si ces créances sont privilégiées et quel est leur rang ?

La jurisprudence américaine n'a rencontré ces questions que très rarement. Je ne connais que deux jugements qui y ont trait, et il n'est pas facile d'en déduire des règles bien établies. Dans un arrêt du 29 juin 1887, aff. Olga, R., III, 367, la Cour de district Sud de New-York a admis que le privilège (*lien*) des gens de mer créanciers sur un bateau italien doit être jugé selon la loi du pavillon, notamment quant à son existence et son rang. Par contre, dans une espèce récente jugée le 22 février 1925, aff. Apurimac, 1925 A. M. C. 604 ; Dor, 11, 224, déjà citée, la Cour de District Est de Virginie a considéré que la question de l'existence d'un privilège des marins en cas d'accident dans un port américain doit être résolue, non d'après la loi péruvienne du pavillon, mais d'après la loi américaine.

Je crois que ces deux jugements contradictoires ne permettent pas de tirer des conclusions définitives quant au point de vue de la jurisprudence américaine sur les conflits en matière de privilèges des gens de mer. Ce n'est que par application des règles générales et notamment de la règle de la loi du pavillon qui tend à se stabiliser que cette question spéciale doit trouver sa solution.

VII. — ABORDAGES

§ **1**. — Les juges américains n'ont jamais pratiquement mis en doute la compétence des tribunaux des États-Unis en matière de contestations provoquées par la collision des navires, et cela quels que soient la nationalité des navires et le lieu de l'abordage. Ils paraissent ne tenir dans cette question aucun compte des règles générales de la compétence des tribunaux américains.

L'arrêt de la Cour Suprême des États-Unis du 13 avril 1885, dans l'affaire The Belgenland, 114 U. S. 355, extrait dans Beale, II, 214, est considéré comme devant guider la pratique. Le juge Bradley y expose comme suit la règle américaine. En citant le jugement anglais de Sir William Scott dans l'affaire The Two Friends (1799) reconnaissant

la juridiction des Cours d'amirauté en matière de sauvetage, il continue :
« Le droit a été établi d'accord avec ce point de vue. C'était un cas de
« sauvetage ; mais les mêmes principes devraient s'appliquer au cas
« de la destruction ou de l'avarie d'un navire qu'au cas de son sauvetage.
« Les deux ayant eu lieu en haute mer entre des personnes de nationalités
« différentes, entrent dans le domaine du droit général des nations, ou
« *communis jus*, et sont *prima facie* des objets propres d'investigation
« dans toute Cour d'amirauté qui la première obtient juridiction sur le
« navire sauvé ou ayant commis des dommages à la demande de justice
« émanant de la partie qui a eu le mérite ou qui a subi le dommage. »
Le juge examine ensuite la jurisprudence américaine et en déduit que
la juridiction en matière d'abordage a été toujours admise aux États-
Unis. Il ajoute enfin, pour justifier la compétence, l'argument suivant :
« Certainement, quand les parties ne sont pas seulement des étrangers,
« mais appartiennent à différentes nations, et que le dommage ou le
« service de sauvetage se sont produits en haute mer, il n'existe aucune
« bonne raison pour refuser la justice de nos tribunaux à la partie
« ayant subi le dommage ou ayant prêté assistance. Aucune des parties
« ne peut particulièrement prétendre être jugée d'après la loi munici-
« pale de son propre pays, car le cas est éminemment un cas *communis*
« *juris* et peut être jugé plus impartialement et d'une manière plus
« satisfaisante dans une Cour d'un pays tiers ayant la juridiction sur la
« *res* ou les parties, que ne pourraient faire les Cours des nations aux-
« quelles appartiennent les plaideurs. »

Ainsi, la compétence des tribunaux américains en matière d'abordage en haute mer est justifiée, en premier lieu, par une raison découlant
du choix de la loi applicable. L'abordage en haute mer devant être soumis au droit maritime commun, c'est-à-dire, nous le savons, au droit
américain, le choix du *for* américain s'impose. La seconde raison est
une raison d'opportunité : le juge américain sera plus impartial que le
juge national d'une des parties. Observons que le second argument
devient inopérant, dès qu'il s'agira de collision entre deux navires de
même nationalité. Le premier est également assez boiteux, car en principe le choix de la juridiction et le choix de la loi applicable sont fon-
cièrement deux choses distinctes. Mais quels que soient ces motifs, la
règle du jugement The Belgenland est claire et précise en ce qui
concerne la juridiction en matière d'abordage en haute mer.

La juridiction américaine s'étend également aux affaires d'abordage
dans les ports étrangers. Je ne connais aucune décision où les juges
aient motivé cette juridiction, et il faut présumer que les parties n'ont
pas soulevé d'exception d'incompétence. Il suffira de citer quelques
décisions relatives à des affaires de cette nature : Cour Suprême des
États-Unis, aff. Walter Smith, John Carter, William S. Nicolls and
others v. Dennis Condry (1843), 42 U. S. 28 ; Cour de District des
États-Unis, District Est de New-York, 15 mai 1928, aff. Royal Mail

Steam Packet Company v. Companhia de Navegaçao Lloyd Brasileiro,
1928 A. M. C. 983 ; Dor, 18, 344 ; Cour de District des États-Unis,
District Est de la Caroline du Sud, 29 mars 1928, aff. Magmeric,
Jacques Galeff v. U. S. A. , 1928 A. M. C. 709 ; Dor, 18, 349.

§ 2. — Dans un arrêt de la Cour Suprême des États-Unis déjà assez
ancien, The Scotland (1881) 105 U. S. 24, le juge Bradley expose comme
suit le système général des règles de droit international privé américain
en matière d'abordage, système qui peut être considéré comme point
de départ dans le développement de la pratique : « En administrant la
« justice entre les parties, dit-il, il est essentiel de savoir par quelle loi
« ou quel code ou système de lois sont déterminés leurs droits mutuels.
« Quand ils naissent dans un pays ou Etat particulier, ils sont générale-
« ment déterminés par les lois de cet État. Ces lois s'étendent à toutes
« les transactions qui ont lieu là où elles sont en vigueur et leur donnent
« leur caractère et effet légal. En conséquence, si l'abordage s'était
« produit dans les eaux britanniques, au moins entre navires britann-
« niques, et si la partie endommagée avait cherché justice dans nos
« Cours, nous aurions administré la justice selon la loi britannique en
« ce qui concerne les droits et obligations des parties, bien entendu,
« s'il était démontré quelle est cette loi. Si cela n'était pas démontré,
« nous aurions appliqué, dans l'espèce, notre propre loi. Dans les tri-
« bunaux français ou néerlandais on aurait fait la même chose. Mais si
« l'abordage se produit en haute mer, où la loi d'aucun pays n'a de
« force exclusive, mais où toutes sont égales, tout *forum* appelé à établir
« les droits des parties les aurait établis suivant sa propre loi comme
« exprimant, par présomption, les règles de la justice ; mais si les
« navires en contestation avaient appartenu à une même nation étran-
« gère, la Cour aurait affirmé qu'ils étaient sujets à la loi de leur nation
« dont ils portent le pavillon et aurait jugé la contestation en consé-
« quence. S'ils avaient appartenu à des nations différentes, ayant des
« lois différentes, comme il aurait été injuste d'appliquer les lois de
« l'une d'elles à l'exclusion de l'autre, la loi du *forum*, c'est-à-dire la loi
« maritime, telle qu'elle y est reçue et pratiquée, aurait le mieux fourni
« la règle du jugement (1). »

La doctrine de cet arrêt peut être résumée comme suit : 1º la loi du
lieu de l'abordage s'applique aux abordages dans les eaux territoriales ;
2º la loi du *for*, à l'abordage en haute mer entre navires de nationalités
différentes, et 3º la loi du pavillon, à l'abordage en haute mer entre
navires de même nationalité.

La justification de la première de ces trois règles est simple : c'est la
vieille règle *locus regit actum* appliquée au délit (*tort*) dont l'abordage

____

(1) Cet arrêt fondamental est reproduit dans Lorenzen, p. 276 et Beale,
II, 582.

est une des espèces. La troisième règle est basée sur un autre principe
également classique : l'autonomie des parties, car aux yeux des juges,
en cas d'abordage entre navires battant le même pavillon, l'intention
présumée des parties était de se soumettre à la loi nationale commune.
Plus intéressant est le fondement de la deuxième règle. La loi du *forum*
est appliquée aux abordages en haute mer des navires de différentes
nationalités pour deux raisons : premièrement, raison d'opportunité :
il serait injuste de donner la préférence à l'une ou l'autre des deux lois
nationales en présence ; secondement, raison de principe : la loi du
forum est la loi générale maritime telle qu'elle est conçue par le pays de
ce *forum*. Ce dernier argument nous ramène à une notion que nous avons
déjà eu l'occasion de rencontrer au cours de notre exposé : la loi générale
de la mer ou le droit commun maritime. Nous savons que cette notion
constitue le point de départ de tout le droit maritime américain et de la
juridiction de l'amirauté des Cours américaines. Elle apparaît encore une
fois pour aboutir à l'application de la loi du *forum*, car « la loi de la mer »,
telle qu'on l'entend aujourd'hui aux États-Unis d'Amérique, n'est
pratiquement que l'ensemble des lois et de la jurisprudence américaines
en matière maritime.

Chacune des trois règles de l'arrêt The Scotland a subi, depuis 1881,
de sérieuses modifications qui accusent une tendance à élargir encore
l'application de la loi américaine en matière d'abordage.

§ **3.** — Commençons par les abordages dans les eaux territoriales
étrangères. L'application du droit local est un très vieux principe de la
jurisprudence américaine. Je le retrouve exposé dans l'arrêt de la Cour
Suprême des États-Unis de 1843, aff. Walter Smith, John Carter
William S. Nicholls and others v. Dennis Condry, opinion du Chief
Justice Taney, 42 U. S. 28. Malgré ce caractère traditionnel de la règle,
elle vient de subir une modification importante qui en restreint considé-
rablement l'effet. Dans une espèce qui est venue deux fois devant la
Cour fédérale du district Est de New-York il s'agissait d'un abordage
dans les eaux belges entre un navire britannique et un navire brésilien.
La question qui se posait était la suivante. Le droit américain admet la
limitation de la responsabilité du propriétaire du navire en cas d'abordage : il ne répond que de son intérêt dans le navire et le fret (acte du
3 mars 1851 ; comp. Hughes, p. 345 et s.). La Cour a admis dans l'espèce
que la loi du *for* en ce qui concerne la responsabilité limitée doit s'appliquer, quoique l'abordage ait eu lieu dans les eaux territoriales étrangères
et entre navires étrangers. Voici comment le second jugement explique
la règle : « L'acte des États-Unis d'Amérique concernant la responsabilité
« limitée n'impose pas, mais seulement limite la responsabilité exis-
« tante ; et il n'est pas une partie de la loi maritime générale, mais une
« déclaration de la politique générale des États-Unis sur l'administra-
« tion de la justice dans les affaires maritimes. Il concerne non le droi-

« ou la responsabilité, mais un moyen judiciaire (*remedy*), et celui-ci
« est gouverné par la loi du *forum*. Il est indifférent si l'abordage a eu
« lieu en haute mer ou dans les eaux territoriales de la Belgique, car
« dans les deux cas nos Cours limiteront la responsabilité d'accord avec
« les statuts des États-Unis »; opinion du juge Campbell, aff. Almirante
Jacequay-Silarus, Royal Mail Steam Packet Company v. Companhia de
Navegaçao Lloyd Brasileiro, 9 octobre 1928, 1929 A. M. C. 195 ;
Dor, 19, 250 ; premier jugement dans le même sens, mais sans motifs :
juge Inch, 15 mai 1928, 1928 A. M. C. 983 ; Dor, 18, 344.

Dans une autre espèce où il s'agissait d'un abordage dans un port
allemand, la Cour de District des États-Unis, pour le district Est de la
Caroline du Sud, élargit encore les conditions d'application de la loi
du *forum*. Le juge Hale déclare ce qui suit : « Dans le cas présent j'estime
« qu'il y a une forte raison pour la Cour de considérer que la loi maritime
« telle qu'elle est adoptée et appliquée dans nos tribunaux américains
« devrait être mise en vigueur quand il est constaté que la seule diffé-
« rence entre le droit allemand et le droit américain n'existe qu'en ce
« qui concerne la règle concernant la mesure et l'établissement de dom-
« mages. La question qui est devant moi est soulevée entre un citoyen
« américain et un navire américain, jugée dans une Cour américaine.
« Je pense que rien dans cette espèce n'appelle une exception à la pra-
« tique dominante de nos Cours de mettre en vigueur le droit maritime
« américain. » Jugement du 29 mars 1928, aff. Magmeric, Jacques
Galeff v. Unites States of America, 1928 A. M. C. 709 ; Dor, 18, 349.

Que doit-on déduire de ces deux jugements ? Tous deux manifestent
une tendance très prononcée en faveur de l'application de la *lex fori*
en matière d'abordage dans les eaux territoriales étrangères, mais les
motifs qui justifient cette tendance diffèrent sensiblement dans les
deux cas. Dans le jugement Magmeric, c'est la nationalité américaine
des parties qui guide le juge, et l'on pourrait, peut-être, dire que l'exception à la règle de l'application de la loi du lieu d'abordage découlant de
ce jugement pourrait être formulée comme suit : si l'abordage dans les
eaux territoriales étrangères soulève une contestation entre Américains,
c'est la loi américaine qui devient applicable, au moins en ce qui concerne « l'évaluation et l'établissement des dommages ».

Dans l'affaire Almirante Jacequay-Silarus, la même tendance générale
est basée sur la distinction entre le fond du droit et l'action judiciaire
(*remedy*). Le bien-fondé de cette distinction, telle qu'elle est admise par
le juge, apparaît aux yeux d'un juriste européen comme extrêmement
contestable. En effet, peut-on dire que la règle sur la limitation de la
responsabilité est une règle qui ne touche point le fond du droit ? L'argument du juge Campbell en faveur de l'application exceptionnelle de la
règle du *forum* en matière de limitation de la responsabilité en cas d'abor-
page ne tient pas debout. Mais il n'en constitue pas moins un précédent :
la loi du *forum* fait échec à la loi territoriale en tant qu'il s'agit de la

règle de la limitation de la responsabilité. On a vu que le jugement dans l'affaire Magmeric donne une définition plus générale des règles soumises à la loi du *forum* : il parle de « l'établissement et l'évaluation des dom-« mages ».

La nouvelle jurisprudence ne doit pas être considérée comme étant définitivement consolidée. La Cour Suprême des États-Unis et même les Cours d'appel fédérales ne se sont pas encore prononcées. Mais, même sous le bénéfice de cette réserve, on est amené à constater que le système classique de l'arrêt The Scotland en ce qui concerne l'abordage dans les eaux territoriales étrangères subit des modifications importantes.

§ 4. — Il en est de même en ce qui concerne les abordages en haute mer. Nous avons vu que la règle des conflits en cette matière était, d'après l'arrêt The Scotland, celle de l'application intégrale du droit américain comme loi générale de la mer. Cette règle, fondée sur des arrêts antérieurs, principalement arrêts de la Cour Suprême des États-Unis dans les affaires Norwich and New York Transportation C⁰ v. Wright (1871), 13 Wall. 104, et The Scotia (1871), 14 Wall. 170, et confirmée par des décisions judiciaires postérieures, Cour d'Appel de Circuit, 7ᵉ Circuit, 23 mars 1900, aff. Rundell ès qual. c. Compagnie Générale Transatlantique, *Clunet*, 1900, 1019 : Cour Suprême des États-Unis, 1908, aff. La Bourgogne, 210 U. S. 95 ; reproduit dans Beale, II, 592 (1), n'est plus, au regard de la jurisprudence américaine, une règle irréductible dans ses effets. Au contraire, des exceptions très importantes sont admises. Les voici.

La Cour Suprême des États-Unis a formulé le 13 avril 1885, dans l'affaire The Belgenland, par la voie du juge Bradley, les réserves suivantes à la règle de l'application du droit américain : « La règle, dit le « juge Bradley, qui réclame l'application à de tels cas [collision en haute « mer de navires de nationalités différentes] du droit maritime général « [nous savons que c'est le droit américain] subit certaines réserves qui, « quoique ne touchant pas le cas présent, doivent toujours être prises « en considération. Une de ces réserves est que les personnes qui ont à « leur charge l'un ou l'autre des navires ne sauraient être blâmées pour « avoir suivi les règlements maritimes et les règles de navigation pres-« crits par leur propre gouvernement pour les diriger en haute mer ; car « elles sont tenues d'obéir à ces règlements... La seconde réserve est que, « si la loi maritime, telle qu'elle est administrée par les deux nations « auxquelles appartiennent les navires respectifs, est la même chez les « deux en ce qui concerne une question quelconque de responsabilité « ou obligation, cette loi, telle qu'elle est démontrée à la Cour, doit être « suivie dans une matière au sujet de laquelle les deux nations sont

(1) Comp. sur cet arrêt Whitelock, art. précité, p. 413 et s.

« d'accord, même si cette loi diffère de la loi maritime telle qu'elle est
« comprise dans le pays du *forum* ; car en ce qui concerne les parties en
« question, elle est la loi maritime qu'elles reconnaissent mutuellement. »

Dans notre arrêt apparaît une tendance à favoriser la loi du pavillon
au détriment du domaine ayant jusqu'ici exclusivement appartenu à
la loi américaine. La responsabilité des navires de nationalité différente
en cas de collision est soumise aux lois de ces pavillons, si leur teneur est
identique sur le point déterminé en question.

Cette nouvelle tendance vient corroborer la troisième règle de l'arrêt
The Scotland de 1881. Nous avons vu que cet arrêt a admis que les
abordages en haute mer entre navires battant le même pavillon doivent
toujours être jugés d'après la loi de ce pavillon. Ce principe a été récemment appliqué par un arrêt du 11 janvier 1906 de la Cour d'Appel du
3e Circuit. Il envisage le cas d'abordage en haute mer de deux navires
appartenant à la même nationalité et admet de nouveau l'application de
la loi du pavillon. L'espèce a été jugée en première instance dans le sens
de l'application de la loi du *forum* américain : Cour de District Est de
Pennsylvanie, 5 avril 1905, navires Eagle Point et Biela, 136 Fed. 1010 ;
R., XXI, 141. La Cour d'Appel, d'accord sur ce point avec la troisième
règle de l'arrêt The Scotland, a infirmé ce jugement le 11 janvier 1906,
R., XXII, 549, en déclarant que lorsque les navires anglais entrés en
collision en haute mer sont tous deux reconnus en faute devant une Cour
d'amirauté des États-Unis, la loi anglaise qui n'autorise les chargeurs à
recourir contre chaque navire que pour la moitié de leurs parts doit être
appliquée à l'exclusion de la loi américaine qui permet de demander
réparation de tout le dommage à l'un quelconque des navires. Dans le
même sens, arrêts de la Cour d'Appel, 2e Circuit, du 23 juin 1905, aff.
Compagnie générale transatlantique c. Deslons, Perry et autres, R., XXI,
521 ; 139 Fed. 433, et du 22 juin 1906, aff. Old Dominion Steamship
Cy c. divers, R., XXII, 549.

§ **5**. — En résumant les tendances de la jurisprudence récente des
États-Unis sur ce point important du droit des conflits, nous constatons
que, comparé à l'arrêt The Scotland, le système moderne de la jurisprudence américaine est plus souple et plus nuancé : les exceptions à la
règle de la *lex loci* en faveur de la *lex fori* en matière d'abordage en mer
territoriale étrangère et les exceptions à la règle de la *lex fori* en faveur
de la loi du pavillon en matière d'abordages en haute mer qui se précisent
n'ont pas encore donné naissance à un système nouveau et définitif.
L'esprit conservateur des tribunaux américains n'a pas encore permis de
construire, par des moyens de logique pure, un ensemble de règles
nouvelles de droit international privé dans la question qui nous occupe,
mais dès aujourd'hui nous pouvons constater que la doctrine The Scotland n'est aucunement le dernier mot du développement de la jurisprudence américaine.

Qu'il soit permis d'ajouter que les tribunaux américains ont eu à juger une espèce dans laquelle la question de l'abordage se présentait sous un aspect absolument paradoxal. C'est le fameux cas du *Titanic*. Ce navire anglais coula en mer, comme on se rappelle, à la suite d'une collision en haute mer avec un « iceberg ». Des actions furent intentées aux États-Unis contre le propriétaire du navire par plusieurs personnes, en raison de perte de vie et injures personnelles. Le propriétaire leur opposa la règle de la loi américaine sur la limitation de la responsabilité. Les demandeurs niaient l'application de la loi américaine. La Cour Suprême des États-Unis jugea (opinion du juge Holmes) que c'est la loi du *for* qui devait trancher la question. Ainsi la doctrine de l'arrêt The Scotland sur l'abordage en haute mer entre navires de nationalités différentes reçut une curieuse extension à une collision entre un navire et un banc de glace (1914) 233 U. S. 718 ; Beale, II, 594.

SAINT-AMAND (CHER). — IMP. R. BUSSIÈRE. 19-11-1930.

www.ingramcontent.com/pod-product-compliance
Lightning Source LLC
LaVergne TN
LVHW011453180726
843503LV00009BA/3888